Bonner Elementary
School

STONE FOX
Y LA
CARRERA DE TRINEOS

SOBRE EL AUTOR

John Reynolds Gardiner, ingeniero de profesión, ha trabajado también como escritor adaptando cuentos para niños para la televisión.

Nativo de Los Ángeles, vivió en Alemania Occidental, América central y en el estado de Idaho en donde oyó por primera vez la leyenda que fue la base del cuento del Indio Stone Fox, su primera obra publicada.

Gardiner es el autor de *Alto secreto*, también publicado por Noguer y Caralt.

SOBRE EL ARTISTA

Marcia Sewall nació en Providence, Rhode Island. Ha trabajado como 'ilustradora en el Children's Museum de Boston y ha impartido clases de arte a estudiantes de secundaria. Ha ilustrado muchos libros para niños, entre los que figura la obra de Paul Fleischman *The birthday tree*. Un libro anterior a éste, *Come again in the Spring*, fue elegido para su exposición, en 1976, por el American Institute of Graphic Arts.

JOHN REYNOLDS GARDINER

STONE FOX
Y LA
CARRERA DE TRINEOS

(Ilustraciones de
Marcia Sewall)

**Bonner Elementary
School**

NOGUER Y CARALT
EDITORES

Título original
Stone Fox
© 1980, by John Reynolds Gardiner para el texto
© 1980, by Marcia Sewall para las ilustraciones
Published by arrangement with
Harper & Row Publishers, Inc. New York, N.Y., U.S.A.
© 1996, Noguer y Caralt Editores, S.A.
Santa Amelia 22, Barcelona
Reservados todos los derechos
ISBN: 84-279-3232-4
Traducción: Ana Cristina Werring Millet
Ilustración: Marcia Sewall

Cuarta edición: enero 2002

Impreso en España - Printed in Spain
Limpergraf, S.L., Barberà del Vallès
Depósito legal: B - 279 - 2002

A Bob, del Café Hudson

Capítulo I

El abuelo

Un día, el abuelo no parecía tener ganas de levantarse de la cama. Permanecía acostado mirando al techo con aspecto triste.

Al principio, el pequeño Willy pensó que le estaba gastando una broma.

El pequeño Willy vivía con su abuelo en Wyoming en una pequeña granja en donde cultivaban patatas. Vivir del cultivo de patatas es un trabajo muy duro pero a la vez muy divertido, especialmente cuando el abuelo tenía ganas de jugar.

Como aquella vez que el abuelo se disfrazó de espantapájaros y salió al jardín. Willy tardó una hora en darse cuenta. ¡Cómo se rieron! El abuelo rió tanto que llegaron a saltarle las lágrimas. Y cuando lloraba se le llenaba la barba de lágrimas.

Por las mañanas, el abuelo se levantaba muy temprano. Tan temprano que afuera todavía era oscuro. Encendía el fuego. Después preparaba el desayuno y despertaba a Willy:

—Date prisa o irás a comer con las gallinas —solía decirle. Luego, echaba la cabeza hacia atrás y se reía.

Una vez, Willy se durmió. Al despertarse, encontró su plato en el gallinero. Las gallinas lo habían limpiado. Después de esto nunca más volvió a dormirse.

Excepto... claro está, aquella mañana. Por alguna razón, su abuelo se había olvidado de despertarle. Entonces fue cuando Willy descubrió que su abuelo seguía en la cama. Sólo podía haber una explicación. El abuelo estaba jugando. Se trataba de otra broma.

¿O no?

—Levántate, abuelo —le dijo Willy—. No quiero jugar más.

Pero el abuelo no respondió.

El pequeño Willy salió de la casa corriendo.

Bajo el porche de la fachada dormía un perro.

—¡Vamos, Centella! —gritó Willy.

El perro se puso en pie de un salto y juntos corrieron carretera abajo.

Centella era una perra negra muy grande con una mancha blanca en la frente del tamaño de una moneda de plata de un dólar. Era una perra ya mayor, en realidad había nacido el mismo día que Willy, hacía ahora más de diez años.

Después de recorrer una milla llegaron junto a una pequeña cabaña hecha de troncos y rodeada de árboles muy altos. Doc Smith se encontraba sentada en una mecedora debajo de un árbol leyendo un libro.

—Doc Smith —gritó el pequeño Willy sin aliento—. Venga, deprisa.

—¿Que sucede, Willy? —respondió la doctora sin dejar de leer.

Doc Smith tenía el cabello blanco como la nieve y llevaba un largo vestido negro. Su piel estaba bronceada y tenía el rostro cubierto de arrugas.

—El abuelo no me contesta —dijo Willy.

—Seguramente se trata de otra broma —respondió Doc Smith—. No hay por qué preocuparse.

—Pero todavía está en la cama.

Doc Smith pasó la página y continuó leyendo.

—¿Hasta qué hora estuvisteis despiertos ayer noche?

—Nos fuimos a la cama muy temprano, realmente temprano. No cantamos ni hicimos música ni nada.

Doc Smith dejó de leer.

—¿Tu abuelo se fue a la cama sin tocar la armónica? —preguntó.

Willy asintió.

Doc Smith cerró el libro y se levantó.

—Engancha a Rex por favor, Willy —dijo—. Voy a buscar mi maletín.

Rex era el caballo de Doc Smith. Un hermoso caballo palomino. El pequeño Willy enganchó a Rex al carro y acto seguido se dirigieron hacia la granja del abuelo. Centella corría delante indicando el camino y ladrando. Le gustaba correr.

El abuelo no se había movido. Estaba tal cual lo habían dejado.

Centella puso las patas delanteras encima de la cama y apoyó la cabeza en el pecho del abuelo. Le lamió la barba cubierta de lágrimas.

Doc Smith examinó al abuelo. Utilizó casi todo lo que llevaba en su pequeño maletín negro.

—¿Para qué sirve esto? —preguntó el pequeño Willy—. ¿Y ahora, qué está haciendo?

—¿Tienes que hacer siempre tantas preguntas? —objetó Doc Smith.

—El abuelo dice que hacer preguntas está muy bien.

Doc Smith sacó de su maletín un objeto de plata alargado.

—¿Para qué sirve esto? —preguntó Willy.

—¡Silencio!

—Sí, señora. Perdone.

Cuando Doc Smith hubo terminado el examen volvió a guardarlo todo en su pequeño maletín negro. Después se dirigió hacia la ventana y contempló los campos de patatas.

Al cabo de un momento preguntó:

—¿Cómo va la cosecha este año, Willy?

—El abuelo dice que es la mejor de todas.

Doc Smith se frotó el rostro cuajado de arrugas.

—¿Qué le sucede al abuelo? —preguntó el pequeño Willy.

—¿Debéis dinero a alguien? —preguntó ella.

—¡No! —respondió Willy—. ¿Qué pasa? ¿Por qué no me dice qué es lo que anda mal?

—Éste es el problema —dijo la doctora—. A tu abuelo no le pasa *nada*.

—¿Quiere usted decir que no está enfermo?

—Médicamente está más sano que un buey. Si quisiera, podría vivir cien años.

—No comprendo —musitó Willy.

Doc Smith inspiró profundamente y luego empezó a decir:

—Esto sucede cuando una persona se rinde. Decide que no quiere seguir viviendo por la razón que sea. Todo empieza aquí, en la mente, luego se esparce por el cuerpo. Es una verdadera enfermedad, ya lo creo. Y no tiene cura a no ser que así lo decida la mente de la persona. Lo siento, muchacho, pero parece ser que tu abuelo, solamente, no quiere seguir viviendo.

El pequeño Willy permaneció en silencio durante mucho tiempo antes de decir:

—¿Pero... y qué hay de ir a pescar... y del rodeo... y de las cenas a base de pavo? ¿Ya no quiere hacer más estas cosas?

El abuelo cerró los ojos y las lágrimas rodaron por sus mejillas desapareciendo entre su barba.

—Estoy segura de que sí —dijo Doc Smith rodeando al pequeño Willy con el brazo—. Tiene que haber un motivo.

Willy se quedó mirando el suelo.

—Lo encontraré. Encontraré lo que anda mal y le pondré remedio. Ya verá. Lograré que el abuelo quiera volver a vivir.

Y Centella ladró impetuosamente.

Capítulo 2

El pequeño Willy

Un niño de diez años no puede llevar una granja. Pero eso, a un niño de diez años, no se lo puedes decir. Especialmente a un niño como Willy.

El abuelo cultivaba patatas y eso era exactamente lo que el pequeño Willy iba a hacer.

La cosecha daría principio en unas semanas y Willy estaba seguro de que si era buena, el abuelo se pondría bien. ¿No era cierto que este año el abuelo se había preocupado mucho por la cosecha? ¿No era cierto que había dicho que se tenía que sembrar cada centímetro cuadrado de tierra? ¿No era verdad que se había levantado en plena noche para comprobar si la irrigación funcionaba bien?

—Será nuestra mejor cosecha, Willy —había dicho. Y lo había repetido una y otra vez.

Sí, despúes de la cosecha, todo iría bien. Willy estaba seguro de ello.

Pero Doc Smith no opinaba lo mismo.

—Está empeorando —dijo tres semanas más tarde—. Será mejor que afrontemos la realidad, Willy. Tu abuelo va a morir.

—Se pondrá mejor. Espere a la cosecha.

Doc Smith movió la cabeza.

—Creo que deberías considerar que la señora Peacock cuide de él en el pueblo como hace con otras personas enfermas. Estaría en buenas manos hasta que llegara su fin —dijo Doc Smith mientras subía al carromato—. Tú podrías vivir conmigo hasta que hagamos nuevos planes —y mirando a Centella añadió—: Estoy segura de que por estos parajes habrá un granjero que necesite un buen perro de trabajo.

Centella gruñó provocando que el caballo de Doc Smith desplazara el carromato unos cuantos pies hacia delante.

—Créeme, Willy, será mejor así.

—¡No! —gritó el pequeño Willy—. Nosotros somos una familia. ¿No se da usted cuenta? ¡Tenemos que permanecer juntos!

Centella ladró con fuerza y esta vez el caballo se encabritó sobre sus patas traseras y luego salió al galope. Doc Smith apoyó el pie en el freno pero no sirvió de nada. El carromato desapareció por la carretera envuelto en una nube de polvo.

El pequeño Willy y Centella se miraron y Willy se echó a reír. Centella se unió a él ladrando de nuevo.

Entonces, Willy se arrodilló, asió a Centella por las orejas y le miró directamente a los ojos.

—Nunca te dejaré. Nunca. Te lo prometo.

Y echando sus brazos alrededor del poderoso cuello del perro, lo abrazó con fuerza.

—Te quiero, Centella.

Y Centella comprendió aquellas palabras porque ya las había oído antes muchas veces.

Aquella misma tarde, Willy hizo un descubrimiento.

Se encontraba sentado a los pies de la cama del abuelo tocando la armónica. La tocaba mucho peor que el abuelo y cada vez que erraba una nota, Centella echaba la cabeza hacia atrás y aullaba.

Una vez que Willy desafinó mucho, Centella le arrebató la armónica con la boca y salió corriendo de la habitación.

—¿Quieres que toque más? —le preguntó Willy a su abuelo aún sabiendo muy bien que no le iba a contestar.

El abuelo no había hablado, no había pronunciado ni una palabra en las últimas tres semanas.

Pero sucedió algo que Willy captó como si el abuelo le hubiera hablado. El abuelo puso la mano sobre el lecho con la palma hacia arriba. El pequeño Willy miró aquella mano durante un largo rato y finalmente preguntó en un susurro:

—¿Quiere esto decir que sí?

El abuelo cerró la mano lentamente y luego la volvió a abrir.

Willy corrió junto a la cama. Sus ojos centelleaban de nerviosismo.

—¿Cuál es la señal para decir no?

El abuelo volteó la mano y la dejó descansar plana sobre la cama. La palma de la mano hacia abajo quería decir «no». La palma de la mano hacia arriba quería decir «sí».

Centella parecía entender lo que estaba sucediendo porque cada vez que el abuelo hacía una señal, le lamía la mano.

Al día siguiente, Willy se preparó para la cosecha.

Había mucho que hacer. Había que limpiar el cobertizo subterráneo en donde quedarían almacenadas las patatas hasta su venta. Se tenían que revisar los sacos de las patatas y remendarlos si era necesario. Se tenía que afilar el arado. Pero lo más importante era localizar y alquilar un caballo para tirar del arado ya que la vieja yegua del abuelo había muerto el invierno pasado.

Encontrar un caballo sería difícil porque a la mayoría de los granjeros no les interesaba fatigar a sus caballos ni aún cobrando.

El abuelo guardaba su dinero en una caja fuerte bajo unos tablones en un rincón de su habitación. Willy sacó la caja y la abrió. La caja estaba vacía a excepción de unas cartas que el chico no se molestó en leer.

No había dinero para alquilar un caballo.

En realidad, no había dinero para nada. El pequeño Willy no tenía ni idea de que estuvieran en la ruina. Todo lo que había necesitado desde que el abuelo había caído enfermo lo había comprado a crédito en la tienda de Lester a pagar con los beneficios de la cosecha de este año.

Era natural que el abuelo estuviera preocupado. Y también que se hubiera puesto enfermo.

Willy tenía que encontrar una solución. Y rápidamente.

Era mediados de septiembre. Las patatas plantadas a principios del mes de junio tardaban de noventa a ciento veinte días en madurar lo que significaba que había que recolectarlas pronto. Además, cuanto más tardara en hacerlo, más se exponía a que llegara una helada prematura y destruyera la cosecha. Y Willy sabía que si la cosecha se arruinaba, el abuelo moriría.

Un amigo del abuelo brindó su ayuda pero el pequeño Willy la rechazó.

—No aceptes ayuda a no ser que la puedas pagar —le había dicho muchas veces el abuelo—. Especialmente, de los amigos.

Y fue entonces cuando Willy tuvo una idea.

¡El dinero ahorrado para la universidad! Tenía suficiente para alquilar un caballo, para pagar una ayuda, para todo. Le explicó al abuelo su plan pero el abuelo hizo la señal del «no». Willy suplicó, pero el abuelo simplemente repitió «no, no, no».

La situación parecía desesperada.

Pero el pequeño Willy estaba decidido. Si era necesario, desenterraría las patatas con las manos.

Y entonces, Centella resolvió el problema.

Se dirigió hacia el arado y se quedó plantada frente a él. En la boca llevaba los arreos que le ponían en invierno para tirar del trineo de nieve.

Willy hizo un gesto negativo con la cabeza.

—Desenterrar un campo de patatas no es lo mismo que arrastrar un trineo por la nieve —le dijo.

Pero Centella se quedó allí, inmóvil.

—No tienes fuerza para esto, chica —insistió Willy intentando convencerla. Pero Centella ya había tomado una resolución.

La planta de la patata alcanza aproximadamente unos sesenta centímetros de altura pero en ella no crecen patatas. Las patatas están todas bajo la tierra. El arado arranca las plantas y remueve la tierra desenterrando las patatas. Después, éstas se recogen y se meten en sacos.

Willy y Centella tardaron diez días en dar por terminada la cosecha. ¡Pero lo consiguieron! O bien la tierra era más blanda de lo que el pequeño Willy suponía o Centella era muy fuerte e incluso pareció gustarle aquel trabajo.

Y la cosecha fue abundante. Cerca de doscientos sacos por acre. Y cada saco pesaba unos veinticinco kilos.

Willy inspeccionó primero las patatas y tiró las malas antes de meter el resto en sacos. Luego guardó éstos en el cobertizo subterráneo.

El señor Leeks, un hombre alto con el rostro delgado que montaba un caballo también alto y de cara delgada, llegó a la granja y compró las patatas. El año anterior, el abuelo le había vendido las patatas al señor Leeks, así pues, eso fue lo que el pequeño Willy hizo también este año.

—Lo hemos logrado, abuelo —dijo Willy mientras unas lágrimas de felicidad resbalaban por sus mejillas—. Mira.

Willy le mostró las manos repletas de dinero.

—Ya puedes dejar de preocuparte. Ahora ya puedes ponerte bueno.

El abuelo puso la mano boca abajo sobre la cama. La palma de la mano boca abajo significaba «no». Su preocupación no era la cosecha. Se trataba de otra cosa. El pequeño Willy se había equivocado.

Capítulo 3

Centella

En Wyoming, cuando es invierno, es fácil adivinarlo: la nieve lo cubre todo; los árboles, las casas, las carreteras, los campos y hasta las personas si permanecen afuera el tiempo preciso.

No se trata de una nieve sucia sino de una nieve limpia y suave que cubre como un manto todo el estado. El aire es cristalino y fresco y los ríos están todos helados. Es muy divertido estar afuera y ver cómo los copos de nieve caen suavemente deslizándose por el borde de tu gorra mientras oyes al mismo tiempo el crujido de la nieve fresca bajo tus botas.

El invierno en Wyoming puede ser la época más bonita del año si... estás preparado para ello.

Willy estaba preparado.

Había cortado suficiente leña. No pasarían frío.

Había almacenado suficiente comida. No pasarían hambre. Le había preguntado al señor Lester, el de la tienda, cuánta comida había comprado el abuelo el año anterior y él compró la misma cantidad. Sería más que suficiente porque por aquellos días el abuelo comía muy poco.

La llegada de la nieve, ya a principios de octubre, también significaba la vuelta al colegio. Pero al pequeño Willy no le importaba. Le gustaba ir al colegio aunque su profesora, la señorita Williams, le había dicho un día al abuelo:

—En lo que a mí se refiere, ese muchacho suyo hace demasiadas preguntas.

El abuelo se había reído y había respondido:

—¿Cómo quiere que aprenda si no pregunta?

Después, más tarde, el abuelo le había dicho a Willy:

—Si tu profesora no lo sabe, me lo preguntas a mí. Si yo no lo sé, se lo preguntas a la biblioteca. Si la biblioteca no lo sabe, entonces quiere decir que has conseguido hacer una buena pregunta.

El abuelo le había enseñado muchas cosas al pequeño Willy. Pero ahora, Willy estaba solo.

Cada mañana se levantaba y encendía el fuego. Después preparaba una papilla de harina de avena para desayunar. Se la comía. Centella también se la comía. El abuelo también. Al abuelo lo alimentaba dándole la comida a cucharadas.

Después del desayuno, Willy enganchaba a Centella al trineo. Se trataba de un viejo trineo de madera que el abuelo había comprado a los indios. Era tan ligero que Willy lo podía levantar con una mano. Pero era fuerte y resistente.

Willy se subía de pie en el trineo y Centella lo arrastraba a lo largo de ocho kilómetros por los campos cubiertos de nieve hasta llegar a la escuela que se encontraba en las afueras del pueblo.

A Centella le encantaba la nieve. Esperaba todo el día pacientemente junto al edificio de la escuela. Y el pequeño Willy nunca perdía la oportunidad de correr afuera entre clase y clase para jugar un rato con su amiga.

A la salida del colegio se iban al pueblo de Jackson y hacían recados. Iban a la tienda de Lester a por provisiones o a correos o al banco.

Willy tenía cincuenta dólares en una libreta de ahorro. Cada mes, el abuelo depositaba el dinero que Willy se había ganado trabajando en la granja.

—No me des las gracias —decía el abuelo—. Tú te lo has ganado. Eres un pequeño gran trabajador y estoy orgulloso de ti.

El abuelo quería que el pequeño Willy fuera a la universidad y recibiera una buena educación. Y Willy, todo lo que quería hacer era cultivar patatas pero respetaba tanto a su abuelo que haría lo que él quisiera.

Si algún día no tenían que hacer recados, Centella arrastraba a Willy por la calle mayor arriba y abajo. Al pequeño Wllly le encantaba observar a los transeúntes, especialmente a los «señoritingos de la ciudad» como los llamaba el abuelo, porque según el abuelo no sabían qué diferencia existe entre una patata y un cacahuete y sus manos eran rosadas y suaves como las de un bebé. Era imposible no reconocer a los «señoritingos de la ciudad». Eran los que siempre parecían ir de boda.

Cada día, un poquito antes de las seis, Willy estacionaba su trineo frente a la vieja iglesia de la calle Mayor. Una vez más, aguardó hoy a la hora justa, con los ojos fijos en el gran reloj que se veía allá en lo alto.

Centella también aguardaba con las orejas tiesas, los ojos alerta, las patas ligeramente flexionadas, lista para arrancar.

¡B - O - N - G!

A la primera campanada de las seis, Centella se precipitaba hacia delante con tal fuerza que Willy casi salía despedido del trineo. Enfocaban la calle Mayor todo recto mientras los patines del trineo apenas rozaban la nieve. Cuando giraban a la derecha por la carretera Norte, sólo se veía algo como un gran borrón. Y antes de que el reloj de la iglesia hubiera terminado de dar las seis campanadas, ya estaban casi fuera del pueblo.

—¡Corre, Centella, corre! —se oía la voz del pequeño Willy gritar en medio del ocaso nevado.

¡Y ya lo creo que corría Centella! Había hecho esta carrera cientos de veces y conocía de memoria el lugar dónde estaba cada árbol caído y cada barranco escondido, lo que le permitía correr a una tremenda velocidad aunque estuviera anocheciendo y aumentase el peligro.

Willy aspiraba el aire frío de la noche y sentía el aguijón del viento contra su rostro. Desde luego, se trataba de una carrera. Una carrera

contra el tiempo. Una carrera contra ellos mismos. Una carrera que siempre ganaban.

El pequeño edificio que tenían enfrente ya era la granja del abuelo. Cuando Centella lo vio, reunió todas las fuerzas que le quedaban y avanzó con tal velocidad que el trineo parecía elevarse del suelo y volar. Cuando llegaron a casa estaban ambos tan exhaustos que ninguno de los dos advirtió la presencia de un caballo amarrado junto a la casa.

Willy desenganchó a Centella del trineo y después ambos se revolcaron por la nieve y se quedaron boca arriba contemplando la luna. Centella apoyaba su cabeza y una pata sobre el pecho de Willy y le lamía la barbilla. Willy sujetaba a Centella por una oreja y sonreía.

El dueño del caballo se encontraba de pie delante del porche y los observaba mientras daba golpes de impaciencia en la nieve con la punta del zapato.

Capítulo 4

La causa

—¡Ven aquí inmediatamente! —la voz restalló en el aire como el rebote de una bala.

Willy nunca había oído una voz como aquella. Por lo menos, no en la granja. No podía moverse.

Pero Centella sí podía.

El dueño de aquella voz casi no tuvo tiempo de entrar en la casa y cerrar la puerta.

Centella ladró, gruñó y saltó sobre la puerta cerrada. Entonces, la puerta se entreabrió. El hombre apareció en el quicio. Sostenía un pequeño revólver y apuntaba a Centella. Su mano temblaba.

—¡No dispare! —gritó Willy al tiempo que acariciaba suavemente el lomo de Centella. Los ladridos cesaron.

—¿Quién es usted? —inquirió raudo.

—Mi nombre es Clifford Snyder, del Estado de Wyoming —dijo el hombre con autoridad abriendo un poco más la puerta.

Iba vestido como si fuera a un casamiento. Como un «señoritingo de ciudad». Era bajo, con una cabeza pequeña y un bigote delgado y caído que al pequeño Willy le recordó la última vez que bebió un vaso de leche a toda prisa.

—¿Qué quiere usted? —preguntó Willy.

—Asuntos *oficiales*. ¿Es que el viejo de ahí adentro no puede hablar?

—Hablar normalmente, no. Pero tenemos un código, se lo demostraré.

Al dirigirse el pequeño Willy hacia la puerta, Clifford Snyder volvió a apuntar a Centella con su revólver. Centella gruñó de nuevo.

—Deja a esa... cosa afuera —ordenó Snyder.

—Si guarda usted el revólver se tranquilizará.

—¡No!

—¿Le tiene miedo?

—Yo no tengo... miedo

—Los perros siempre saben cuándo alguien les tiene miedo.

—Tú entra en la casa ahora mismo —gritó Clifford Snyder con la cara enrojecida por la ira.

Willy dejó a Centella afuera pero Clitford Snyder no guardó su revólver hasta que estuvieron en la habitación del abuelo. Y además, insistió en que Willy cerrara la puerta.

Los ojos del abuelo estaban muy abiertos y fijos en el techo. Parecía mucho más viejo y más fatigado que por la mañana.

—Eres igual que todos —empezó a decir Clifford Snyder mientras encendía un cigarro largo y delgado y echaba el humo hacia el techo—. De todas formas, se trata de la ley. Simple y llanamente.

Willy no dijo nada. Estaba atareado peinando al abuelo como hacía cada día al llegar a casa. Cuando hubo terminado sostuvo el espejo frente al abuelo para que éste pudiera verse.

—Le advierto —continuó Clifford Snyder—, que si no paga... nosotros tenemos nuestros métodos. Y son muy legales. Tú no eres mejor que los demás.

—¿Le debemos dinero, señor Snyder? —preguntó Willy.

—Impuestos, hijo. Los impuestos de esta granja. Ese abuelo tuyo no los ha pagado.

Willy estaba desconcertado.

¿Impuestos? El abuelo siempre pagaba todas las facturas. Además, a tiempo. El pequeño Willy también. Así que, ¿qué era este asunto de los impuestos? El abuelo nunca los había mencionado. Seguro que se trataba de un error.

—¿Es eso verdad? —preguntó Willy a su abuelo.

Pero el abuelo no respondió. Aparentemente había empeorado durante el día. No movía la mano, ni siquiera los dedos.

—Pregúntale acerca de las cartas —indicó Clifford Snyder.

—¿Qué cartas?

—Cada año enviamos una carta, una factura de impuestos, que demuestra lo que nos debe.

—Nunca la he visto —insistió el pequeño Willy.

—Probablemente la ha tirado a la basura.

—¿Está usted seguro... —empezó a decir Willy, cuando de pronto recordó la caja fuerte.

Apartó los tablones e izó la pesada caja y la

dejó en el suelo. La abrió y sacó los papeles, aquellos mismos papeles que recordaba haber visto cuando buscaba el dinero para alquilar un caballo.

—¿Son éstas las cartas? —preguntó.

Clifford Snyder arrebató las cartas de la mano del pequeño Willy y las examinó.

—Ya lo creo que lo son —dijo—. Éstas, se remontan a más de diez años atrás.

Luego, sosteniendo una de las cartas en el aire añadió:

—Esta que ves es la última que hemos enviado.

Willy observó el papel. Había tantas cifras y columnas de números que no fue capaz de comprender lo que estaba leyendo.

—¿Cuánto le debemos, señor Snyder?

—Aquí lo pone. Está más claro que el agua —dijo aquel hombre bajo señalando con su corto dedo la parte inferior del papel.

Los ojos de Willy se abrieron desmesuradamente.

—¡Quinientos dólares! ¿Le debemos a usted quinientos dólares?

Clifford Snyder asintió balanceándose sobre las puntas de sus zapatos para parecer más alto.

—Y si no me pagan —dijo—, calculo que esta granja vale justamente unos...

—¡Usted no nos puede quitar la granja! —gritó Willy, al mismo tiempo que afuera, Centella empezaba a ladrar otra vez.

—Naturalmente que podemos —afianzó Clifford Snyder con una sonrisa que descubría sus dientes amarillos manchados por el tabaco.

Capítulo 5

El plan

Al día siguiente, Willy afrontó la situación. O por lo menos, eso era lo que pretendía. Pero no estaba seguro de lo que tenía que hacer.

¿De dónde iba a sacar él quinientos dólares?

El abuelo siempre había dicho que «donde hay buena voluntad se encuentra el camino para solucionar el problema». El pequeño Willy tenía esta voluntad. Ahora, todo lo que tenía que hacer era encontrar el camino.

—¡Qué tontería! —exclamó Doc Smith—. ¡Mira que no pagar los impuestos! Que te sirva de lección, Willy.

—Pero las patatas apenas nos dan dinero para vivir —explicó—. El año pasado nos quedamos sin un céntimo.

—No importa. Los impuestos hay que pagarlos tanto si nos gusta como si no. Y, créeme, no conozco a nadie que los pague a gusto.

—Entonces, ¿por qué existen?

—Porque es la forma de que el estado recaude dinero.

—¿Por qué no cultivan patatas como hace el abuelo?

Doc Smith rió.

—Tienen otras cosas más importantes que hacer que cultivar patatas —explicó.

—¿Como qué?

—Como... cuidar de nosotros.

—El abuelo dice que debemos cuidarnos solos.

—Pero no todo el mundo puede cuidarse solo. Por ejemplo, los enfermos como tu abuelo.

—Yo puedo cuidarle. Él me cuidó a mí cuando murió mi madre. Ahora le cuido yo a él.

—¿Pero qué pasaría si te sucediese algo a ti?

—¡Oh...!

Willy reflexionó sobre aquello.

Al salir de la casa se acercaron al trineo en el que Centella esperaba. A cada paso, las botas de Doc Smith se hundían en la nieve blanda.

El pequeño Willy sacudió la nieve del lomo de Centella. Después preguntó:

—¿Deber todo este dinero es la causa por la que el abuelo se ha puesto enfermo, verdad?

—Creo que sí, Willy —afirmó Doc Smith.

—Así que, si pago los impuestos, el abuelo se pondrá mejor, ¿no?

Doc Smith se frotó las arrugas bajo sus ojos.

—Será mejor que hagas lo que ya te he dicho. Deja que la señora Peacock cuide de tu abuelo y...

—¿Pero se pondrá mejor, no es así?

—Sí. Estoy segura de que así será. Pero niño, ¿de dónde vas a sacar tú quinientos dólares?

—No lo sé, pero los encontraré. Ya verá.

Aquella tarde, el pequeño Willy entró en el banco vestido con su traje azul y su corbata también azul. Su cabello estaba tan liso y brillante que relucía como pintura húmeda. Preguntó por el señor Foster, el presidente del banco.

El señor Foster era un hombre corpulento con un enorme cigarro colgando del centro de su gran boca. Mientras hablaba, el cigarro se

movía de arriba abajo y Willy se preguntaba por qué no caía la ceniza.

Willy le mostró al señor Foster los papeles de la caja fuerte del abuelo y le explicó todo lo que Clifford Snyder, el hombre de los impuestos, había dicho.

—Véndela —le recomendó el señor Foster después de estudiar los papeles. El cigarro subió y bajó—. Vende la granja y paga los impuestos. Si no lo haces te la pueden quitar. Tienen todo el derecho.

—El año que viene cumpliré once años. Cultivaré más patatas que nadie. Ya verá...

—Necesitas quinientos dólares, Willy. ¿Sabes cuánto dinero representa eso? Además, no hay tiempo. Claro que el banco podría hacerte un préstamo pero, ¿cómo podrías devolverlo? Y luego, ¿qué pasaría el año siguiente? No. Yo digo que vendas la granja antes de que te quedes sin nada.

La ceniza del cigarro cayó sobre el escritorio.

—Tengo cincuenta dólares en mi libreta de ahorro.

—Lo siento, Willy —dijo el señor Foster mientras tiraba la ceniza al suelo.

Cuando Willy salió del banco con la cabeza gacha, Centella le saludó poniéndole las dos patas llenas de barro sobre el pecho. El pequeño Willy sonrió y echando los brazos alrededor del cuello de Centella lo abrazó con todas sus fuerzas.

—Lo conseguiremos, chica. Tú y yo solos. Encontraremos el camino.

Al día siguiente, el pequeño Willy habló con todas aquellas personas que según él podrían aconsejarle. Habló con su maestra la señorita Williams. Habló con Lester, el de la tienda. Incluso habló con Hank, el que barría las oficinas de correos.

Todos estuvieron de acuerdo: vender la granja. Aquella era la única solución.

Sólo quedaba una persona a quien preguntar si podía hacerlo.

—¿Debemos vender? —inquirió Willy.

La palma de la mano hacia arriba significaba «sí». La palma de la mano hacia abajo significaba «no». La mano del abuelo permaneció inmóvil sobre la cama. Centella ladró. Los dedos del abuelo se movieron pero eso fue todo.

Parecía que no había esperanza.

Y entonces, el pequeño Willy encontró la solución.

Sucedió estando en la tienda de Lester, al ver el póster.

En el mes de febrero de cada año se celebraban en Jackson, Wyoming, las carreras nacionales de perros con trineo. En esta carrera participaba gente de todos los lugares que traían los mejores equipos de perros del país.

Se trataba de una carrera abierta. Podía participar un número indeterminado de perros, incluso uno solo. El circuito cubría un recorrido de diez millas por los campos cubiertos de nieve y empezaba y terminaba en la calle Mayor, justo frente a la vieja iglesia. El ganador se llevaba un premio en metálico. La suma del premio variaba de año en año. Este año quiso el azar que fuese justamente de quinientos dólares.

—Bueno —dijo Lester ante la petición hecha por el pequeño Willy del póster—. Conseguiré otro en la oficina del alcalde.

Lester era un hombre delgado pero fuerte. Llevaba siempre un delantal blanco y cuando hablaba se le llenaban los labios de saliva.

—Este año tendremos una buena carrera. Dicen que quizá venga aquel hombre de las montañas, el indio llamado Stone Fox. Él nunca ha perdido una carrera. No es de extrañar llevando como lleva cinco perros samoyedos.

Pero Willy no quiso seguir escuchando y salió corriendo de la tienda sujetando fuertemente el póster en su mano.

—¡Gracias, señor Lester, gracias!

El abuelo tenía la mirada fija en el techo. El pequeño Willy tuvo que ponerse de puntillas para poder colocar el póster justo frente al rostro del abuelo.

—¡Ganaré! —dijo Willy—. Ya lo verás. Nunca permitiré que nos quiten la granja.

Centella ladró y puso una pata sobre la cama. El abuelo cerró los ojos de los que se escurrió una lágrima que resbaló hasta introducirse en su oreja. Willy dio un fuerte abrazo a su abuelo y Centella volvió a ladrar.

Capítulo 6

Stone Fox

El pequeño Willy fue al ayuntamiento del pueblo a ver al alcalde, el señor Smiley, para inscribirse en la carrera.

La oficina del alcalde era grande y olía a loción para el cabello. El alcalde estaba sentado en una silla de un color rojo chillón y tenía los pies sobre la mesa. Sobre la mesa no había nada más que los pies del alcalde.

—Una hora antes de la carrera principal hay una carrera para niños como tú —dijo el señor alcalde enjugándose el sudor del cuello con un pañuelo de seda a pesar de que a Willy el ambiente de aquella habitación le parecía bastante fresco.

—Yo quiero participar en la carrera *de verdad*, señor alcalde.

—¿Bromeas, chico? —exclamó el alcalde

soltando dos carcajadas y secándose el cuello—. De todas formas, hay que pagar una cuota de inscripción.

—¿Cuánto cuesta?

—Cincuenta dólares.

Willy se quedó pasmado. Aquello era mucho dinero tan sólo para participar en una carrera. Pero estaba decidido.

Cruzó la calle corriendo y entró en el banco.

—No seas tonto —le dijo el señor Foster—. Ésta no es una carrera para aficionados. Participarán algunos de los mejores equipos de perros del Noroeste.

—Yo tengo a Centella. Somos tan veloces como el rayo. De verdad, señor Foster. Se lo aseguro.

El señor Foster sacudió la cabeza.

—No tienes ninguna posibilidad de ganar.

—¡Sí que la tengo!

—Willy... el dinero de tu libreta de ahorro es para tus estudios. Sabes muy bien que no te lo puedo dar.

—Tiene que dármelo.

—¿Ah, sí?

—¡Es *mi* dinero!

Willy salió del banco con un montón de monedas de diez dólares de oro. Para ser exactos, cinco monedas.

Se dirigió a la oficina del alcalde y dejó caer las monedas sobre su escritorio.

—Señor alcalde: Centella y yo vamos a ganar estos quinientos dólares. Ya lo verá, señor alcalde. Todos lo verán.

El alcalde Smiley contó el dinero, se secó el cuello e inscribió al pequeño Willy en la carrera.

Cuando el pequeño Willy salió del ayuntamiento se sintió más alto que un hombre de diez pies. Miró a un lado y al otro de la calle cubierta de nieve. Mostraba una sonrisa de oreja a oreja. Centella se le acercó y se colocó frente al trineo esperando a que la enganchara. Pero Willy todavía no estaba listo para marcharse. Introdujo los pulgares en las presillas de su cinturón y dejó que el sol calentara su rostro.

Se sentía muy bien. En su bolsillo se hallaba el mapa que el señor alcalde le había entregado y en el que figuraba el recorrido de diez millas que cubría la carrera. Calle Mayor abajo, después la carretera Norte a la derecha… Willy no podía casi controlar su entusiasmo.

Las primeras cinco millas las recorría a diario y lo podía hacer con los ojos cerrados. Las últimas cinco millas eran de regreso al pueblo a lo largo de la carretera Sur que en su mayor parte era recta y plana. En aquella carrera, lo que contaba era la velocidad y con la ventaja que con certeza podría sacar en las primeras cinco millas, Willy estaba seguro de que podía ganar.

Cuando Willy enganchó a Centella al trineo, algo, que se movía al final de la calle, llamó su atención. Eran difíciles de distinguir porque eran blancos. Había cinco. Y eran preciosos. De hecho, eran los samoyedos más bonitos que Willy había visto.

Los perros erguían las cabezas orgullosos y caminaban al unísono pavoneándose. Tiraban de un trineo grande pero de construcción ligera. También arrastraban a un hombre de constitución nada ligera. Allá a lo lejos, al final de la calle, el hombre parecía normal pero cuando el trineo se fue acercando el hombre se veía cada vez más alto.

Se trataba de un indio. Iba vestido con pieles y cuero y llevaba unos mocasines que le llegaban hasta las rodillas. Su piel era oscura, su cabello negro y en la frente llevaba una cinta de colores oscuros. Sus ojos brillaban a la luz del sol pero el resto de su rostro aparecía con una expresión más dura que la piedra.

El trineo se detuvo justo al lado de Willy. El niño, boquiabierto, inclinaba la cabeza hacia atrás para mirar a aquel hombre. Era la primera vez que el pequeño Willy veía a un gigante.

—¡Caramba! —exclamó Willy.

El indio miró al pequeño. Su rostro era más pétreo que el granito pero su mirada era viva y astuta.

—Hola —dijo precipitadamente Willy sonriendo nervioso.

Pero el indio no respondió. Su mirada se dirigió hacia Centella que soltó un pequeño quejido pero no ladró.

El gigante dirigió sus pasos hacia el ayuntamiento.

En una hora, los rumores de que el indio Stone Fox se había inscrito en la carrera recorrieron el pueblo entero de Jackson y en un día lo supo todo el estado de Wyoming.

Poco después siguieron los relatos de leyendas e historias acerca del extraño hombre de las montañas. Willy oyó muchas en la tienda de Lester.

—Y una vez en Denver le partió la espalda a un hombre con dos dedos —afirmaba Dusty, el borracho del pueblo. Pero realmente, nadie le creyó.

Willy oyó decir que ningún hombre blanco había oído hablar a Stone Fox. Stone Fox se negaba a hablar con los hombres blancos a causa del trato que éstos habían dado a su gente. Su tribu, los Shoshone, estaba formada por unos pacíficos recolectores de semillas que habían sido forzados a abandonar Utah y establecerse en una reserva india en Wyoming junto con otra tribu llamada los Arapajos.

El sueño de Stone Fox era que su gente volviera a su tierra natal y utilizaba el dinero que ganaba en las carreras para volver a comprar aquella tierra. Ya había comprado cuatro granjas y más de doscientos acres. Aquel Stone Fox era realmente muy listo.

Durante la semana siguiente, el pequeño Willy y Centella recorrieron cada día el circuito de diez millas hasta que se supieron

de memoria cada pulgada de su recorrido.

Stone Fox se entrenaba muy poco. En realidad, Willy sólo le había visto recorrer el circuito una vez y además no iba muy deprisa. La carrera estaba fijada para el sábado a las diez de la mañana. Sólo participarían nueve trineos. El señor alcalde habría deseado que hubiera más participantes pero al inscribirse Stone Fox... La verdad es que no se podía culpar a la gente de querer ahorrar su dinero.

Era cierto que Stone Fox nunca había perdido una carrera pero el pequeño Willy no estaba preocupado. Estaba decidido a ganar y nada ni nadie se lo iba a impedir. Ni siquiera Stone Fox.

Capítulo 7

El encuentro

Sucedió el viernes por la noche, la víspera de la carrera.

El medicamento del abuelo se había terminado. Willy fue a ver a Doc Smith.

—Aquí tienes —le dijo Doc Smith entregándole un papel que mostraba unos garabatos—. Lleva esto a Lester ahora mismo.

—Pero es muy tarde. La tienda está cerrada.

—Llama a la puerta de atrás. Te oirá.

—Pero... ¿está segura de que no se enfadará?

—No. Lester sabe que puedo necesitar llamarle a cualquier hora; de día o de noche. Las personas no siempre se ponen enfermas en horas de trabajo ¿verdad que no?

—No, claro. Supongo que no.

Se dirigió hacia la puerta. Le hubiera encantado quedarse un rato y probar el pastel de canela que Doc Smith tenía en el horno. Olía a las mil maravillas. Pero el abuelo necesitaba su medicina. Y, además, no se le ocurriría quedarse sin haber sido invitado.

—Otra cosa, Willy —dijo Doc Smith.

—¿Sí, señora?

—Vale más que te diga lo que tengo que decirte ahora que más adelante. Se trata de la carrera de mañana.

—¿Sí, señora?

—En primer lugar, quiero que sepas que creo que estás haciendo una solemne tontería empleando el dinero de los estudios para participar en la carrera.

Willy bajó la vista.

—Sí, señora.

—Pero, teniendo en cuenta que no tiene remedio, también quiero que sepas que te alentaré con todas mis fuerzas.

Willy levantó la mirada.

—¿Sí?

—Gana, Willy. Gana esta carrera mañana.

El pequeño Willy rebosaba de felicidad. Intentó hablar pero no encontraba las palabras.

Turbado, retrocedió hasta la puerta, saludó con un ligero movimiento de la mano y dando la vuelta precipitadamente, salió.

—Y, Willy...

—¿Sí, señora?

—Si te quedas un minuto, podrás probar un poco del pastel de canela que está en el horno.

—¡Sí, señora!

Más tarde, de camino al pueblo, Willy cantó a todo pulmón. Los patines del trineo hendían la nieve emitiendo un sonido cortante. Por la noche, aquella carretera era traidora pero hoy había luna y Centella podía ver bien por dónde andaba. Y, además, ambos conocían aquella carretera de memoria. No iba a suceder nada malo.

Lester le entregó al pequeño Willy una botella grande llena de algo que parecía leche turbia.

—¿Cómo está tu abuelo? —preguntó Lester.

—No muy bien. Pero mañana, cuando haya ganado la carrera, se pondrá mejor. Doc Smith también lo cree así.

Lester sonrió.

—Te admiro, Willy. Eres muy valiente compitiendo contra alguien como Stone Fox. ¿Sabes que nunca ha perdido una carrera?

—Sí, lo sé. Gracias por la medicina.

Cuando Centella arrancó calle Mayor abajo, Willy se despidió agitando la mano.

Lester contempló cómo se alejaba el trineo durante mucho tiempo, antes de gritar:

—¡Buena suerte, hijo!

A la salida del pueblo, por la carretera Norte, Willy oyó ladrar unos perros. El sonido provenía de un granero abandonado junto a la escuela.

Willy decidió ir a investigar.

Entreabrió la puerta del granero, que crujió, y miró adentro. Estaba oscuro y no se veía nada. Tampoco oyó nada. Los perros habían dejado de ladrar.

Entró en el granero.

Los ojos del pequeño Willy necesitaron un rato para acostumbrarse a la oscuridad. Entonces fue cuando los vio. Se trataba de los cinco perros samoyedos. Se encontraban en un rincón del granero echados sobre el suelo cubierto de paja. Los perros le estaban mirando. Eran tan bonitos que Willy no pudo evitar una sonrisa.

Willy era un enamorado de los perros. Sintió la necesidad de ver a aquellos samoyedos de más cerca. Cuando se acercó y alargó la mano para acariciarlos, los perros no se asustaron.

Y fue entonces cuando sucedió el desastre.

Algo se movió en la oscuridad a la derecha de Willy. Al principio fue un movimiento rápido que después pareció detenerse pero no fue así. Una mano golpeó al pequeño Willy en plena cara enviándolo al fondo del granero.

—No era mi intención causarles ningún daño, señor Stone Fox —dijo el pequeño Willy mientras se levantaba del suelo y se tapaba un ojo con la mano.

Stone Fox permaneció de pie en medio de la oscuridad y no dijo nada. Centella ladró desde fuera. Los perros samoyedos le respondieron con otros ladridos.

Willy continuó hablando y dijo:

—Mañana voy a correr contra usted. Ya sé que usted quiere ganar pero... yo también quiero ganar. Tengo que ganar. Si no gano nos quitarán nuestra granja. Tienen todo el derecho a hacerlo. El abuelo dice que aquellos que

quieren algo de verdad, lo consiguen. Así que, yo lo conseguiré. Ganaré. Le ganaré a usted.

Stone Fox continuó inmóvil y silencioso.

El pequeño Willy retrocedió hasta la puerta del granero cubriéndose todavía el ojo con la mano.

—Siento que no podamos ganar los dos —dijo.

Luego, abrió la puerta y la cerró tras él.

Dentro del granero, Stone Fox permaneció inmóvil durante un momento. Después, alargó su enorme mano y suavemente acarició a uno de los perros.

Aquella noche, Willy no pudo dormir. Le dolía mucho el ojo. Y cuando Willy no podía dormir, Centella tampoco dormía. Ambos dieron vueltas y más vueltas durante horas, y cuando el pequeño Willy se giraba para mirar si Centella dormía, ésta seguía echada allí con los ojos muy abiertos devolviéndole la mirada.

El pequeño Willy necesitaba descansar. Centella también. El día siguiente iba a ser un día muy importante. El día más importante de sus vidas.

Capítulo 8

El día

Llegó el día de la carrera.

Willy se levantó muy temprano. Con el ojo derecho no podía ver. Lo tenía cerrado y muy hinchado.

Mientras daba la papilla de avena al abuelo intentó ocultar su ojo con la otra mano y girando la cabeza, pero estaba seguro de que a pesar de todo, el abuelo lo había visto.

Después de añadir más leña al fuego, Willy besó al abuelo, enganchó a Centella al trineo y emprendió el camino hacia el pueblo.

En el linde de su propiedad, detuvo el trineo unos momentos y, mirando hacia atrás, contempló la granja. El tejado estaba cubierto de una nieve recién caída. De la chimenea de piedra se escapaba un hilillo de humo. Los mellados picos de las montañas Teton surgían en el fondo contra un cielo azul. «Sí, señor», recordó Willy que había dicho su abuelo. «En este mundo hay cosas que merecen que uno muera por ellas».

El pequeño Willy amaba aquellas tierras. Adoraba hacer excursiones, pescar y acampar junto al lago. Pero no le gustaba cazar. Amaba tanto a los animales que no podía ser cazador.

Una vez mató a un pájaro con una honda. Pero esto sucedió cuando tan sólo tenía seis años. Y aquella experiencia fue suficiente. En verdad, todavía recuerda con exactitud dónde está enterrado aquel animalito.

Perdido en sus pensamientos, Willy llegó al pueblo sin darse cuenta. Al enfocar la calle Mayor, detuvo el trineo bruscamente.

No podía creer lo que estaban viendo sus ojos.

La calle Mayor estaba abarrotada de gente que se alineaba a ambos lados de la calzada. Había gente en los tejados y asomada a las ventanas. Willy no esperaba tanta concurrencia. Seguramente todos habían ido a ver a Stone Fox.

Centella arrastró el trineo por la calle Mayor

pasando por delante de la muchedumbre. Vio a la señorita Williams, su maestra, al señor Foster, del banco y a Hank, de la oficina de correos. También estaban Doc Smith, el alcalde señor Smiley y Dusty, el borracho. Los «finolis» de la ciudad también estaban allí. Incluso Clifford Snyder, el hombre de los impuestos. Todos.

Lester salió de entre la muchedumbre y anduvo junto al pequeño Willy durante un trecho. Fue una de las pocas veces que Willy vio a Lester sin su delantal blanco.

—Ganarás, Willy. Sé que lo puedes hacer. Le ganarás —repetía Lester una y otra vez.

Antes tuvo lugar la carrera para los niños y la muchedumbre vitoreó y alentó a sus favoritos. Se trataba de una carrera muy corta. Justo hasta el final de la calle Mayor y vuelta. Willy no supo quién ganó. Eso no tenía importancia.

Y entonces, llegó el momento.

Mientras los concursantes se alineaban directamente bajo la larga franja de banderas que cruzaba de un lado al otro de la calle, el viejo reloj de la iglesia marcaba unos minutos antes de las diez. Se presentaron nueve participantes.

Stone Fox estaba en el centro, el pequeño Willy justo a su lado.

Willy había leído en la prensa todo lo que se refería a los otros concursantes. Todos eran unos hombres de montaña muy conocidos, en posesión de buenas marcas y unos equipos de perros excelentes. Pero a pesar de ello, todas las apuestas eran para Stone Fox. Las probabilidades eran de cien contra una a su favor. Nadie apostó ni un centavo por Willy y su Centella.

—¿Qué le ha pasado al pequeño Willy en el ojo? —le preguntó Doc Smith a Lester.

—Me ha dicho que se ha dado un golpe esta mañana al levantarse. Demasiado nervioso. No me extraña —dijo Lester mordiéndose el puño mientras sus ojos permanecían clavados en Stone Fox. «Qué indio más alto», murmuró para sus adentros.

A pesar de que el ojo del pequeño Willy estaba morado, hinchado y cerrado, todavía se sentía como un vencedor. Sonreía. Centella conocía la ruta tan bien como él así que, en realidad, no importaba que no viera bien. Hoy

iban a ganar y eso era decisivo. Ambos lo sabían.

Junto al pequeño Willy, Stone Fox se veía más alto que nunca. En realidad, la cabeza de Willy ni siquiera alcanzaba la cintura del indio.

—Buenos días, señor Stone Fox —dijo Willy mirando prácticamente hacia el cielo—. Hoy sí que hace un día precioso para la carrera.

Stone Fox oyó sin duda al pequeño Willy pero no le miró. Su rostro estaba impávido como si fuera de hielo y su mirada parecía no tener aquel brillo que Willy había observado anteriormente.

Cuando el señor Smiley se adelantó hasta el centro de la calzada, la muchedumbre guardó silencio.

La señorita Williams cruzó fuertemente las manos hasta que sus nudillos se pusieron blancos. Lester permanecía boquiabierto con los labios húmedos. El señor Foster empezó a morder su cigarro. Hank miraba sin parpadear. Doc Smith, orgullosa, mantenía la cabeza erguida. Dusty dio un gran sorbo de whisky de una botella. Clifford Snyder sacó su reloj de oro de su chaleco y comprobó la hora.

El ambiente estaba tenso.

La garganta del pequeño Willy se secó. Empezaron a transpirarle las manos. Sintió cómo latía su corazón.

El alcalde levantó la pistola hacia el cielo y disparó.

¡La carrera había comenzado!

Capítulo 9

La carrera

Centella arrancó con tal fuerza que Willy estuvo a punto de salir disparado del trineo a no ser porque, afortunadamente, se aferró a las riendas.

En cosa de segundos, Willy y Centella recorrieron la calle Mayor, giraron por la carretera Norte y desaparecieron. Llevaban una gran ventaja sobre los demás. Estaba ganando, de momento, por lo menos.

Stone Fox salió el último. Avanzaba por la calle Mayor tan despacio que todos pensaron que algo andaba mal.

El trineo del pequeño Willy, emitiendo un sonido seco sobre la nieve, pasó volando frente al edificio de la escuela a las afueras del pueblo y junto al viejo granero.

Los otros corredores le seguían en una persecución acalorada.

—¡Corre, Centella, corre! —gritaba el pequeño Willy.

El viento frío azotaba la cara del niño cerrando casi su ojo sano. La nieve era compacta. La carrera de hoy iba a ser muy veloz. La más veloz de todas.

El circuito estaba lleno de curvas peligrosas pero el pequeño Willy no tenía que aminorar la marcha como los demás corredores. Con sólo un perro y un trineo pequeño, podía tomar las cerradas curvas a toda velocidad sin riesgo a patinar y salirse de la carretera o a perder el control.

Por ello, en cada curva, Willy lograba ganar más y más ventaja.

Con el cortante sonido de los patines, el trineo tomó una curva levantando a su paso una nube de nieve. El pequeño Willy sonreía. ¡Qué divertido era aquello!

A tres millas del pueblo, aproximadamente, la carretera dibujaba un semicírculo bordeando un lago helado. Willy, en lugar de tomar la curva, siguió recto por un atajo cruzando por encima del lago. Aquello era un poco peligroso pero el pequeño Willy y Centella lo habían hecho otras muchas veces.

El pequeño Willy había preguntado al señor Smiley si tenía permiso para cruzar el lago sin ser descalificado.

—Está todo permitido —había dicho el señor alcalde—, mientras salgas del pueblo por la calle Mayor y regreses por la carretera Sur.

Ninguno de los otros concursantes se atrevió a cruzar el lago. Ni siquiera Stone Fox. El riesgo de caerse al agua rompiendo el hielo era demasiado grande.

La ventaja del pequeño Willy se hizo mayor.

Stone Fox seguía en última posición. Pero ahora iba tomando velocidad.

Al final de las primeras cinco millas, Willy iba tan adelantado que al mirar hacia atrás no veía a nadie.

A pesar de todo, sabía que las cinco millas de regreso al pueblo no serían tan fáciles. El camino a lo largo de la carretera Sur era prácticamente recto y muy plano y allí, Stone Fox seguro que ganaría terreno. Pero... ¿cuánto? Eso, Willy no podía saberlo.

Pasaron volando por delante de la casa de Doc Smith. Los altos árboles que rodeaban su cabaña parecían un sólido muro.

La siguiente era la granja del abuelo.

Cuando Centella vio la granja empezó a adquirir aún más velocidad.

—¡No, chica! —gritó Willy—. ¡Todavía no!

Al aproximarse a la granja al pequeño Willy le pareció ver a alguien frente a la ventana de la habitación del abuelo. Con sólo un ojo sano, era difícil ver claramente. Este alguien era un hombre. Un hombre con barba.

¡No podía ser, pero...! ¡Era el abuelo!

El abuelo estaba sentado en la cama. Miraba por la ventana.

Willy estaba tan emocionado que no podía pensar con claridad. Empezó a aminorar la marcha del trineo pero el abuelo le indicó que no lo hiciera, haciéndole señales para que continuara.

«Naturalmente», se dijo Willy. «Tengo que terminar la carrera. Todavía no he ganado.»

—¡Corre, Centella! —gritó Willy—. ¡Corre!

El abuelo se encontraba mejor. Unas lágrimas de felicidad rodaron por las mejillas del rostro sonriente de Willy. Todo iría bien.

Y entonces, Stone Fox puso en práctica su estrategia.

Empezó a adelantar a los demás corredores, uno por uno.

Se colocó, desde la última posición al octavo lugar. Luego, del séptimo lugar al sexto. Después del sexto al quinto.

Después pasó del quinto lugar al cuarto. Luego al tercero y poco después al segundo.

Sólo quedaba rebasar al pequeño Willy. Pero a pesar de todo, Willy seguía llevando una buena ventaja. En realidad, Stone Fox no vislumbró al pequeño Willy hasta que entraron en las últimas dos millas desde que empezó la carrera.

Los cinco perros samoyedos eran preciosos corriendo a través de la nieve sin esfuerzo alguno. Stone Fox acortaba distancias y las acortaba muy deprisa. Y Willy no se daba cuenta.

¡Mira hacia atrás, pequeño Willy! ¡Mira hacia atrás!

Pero Willy no miraba hacia atrás. Estaba

ocupado pensando en el abuelo. Lo imaginaba riendo, tocando la armónica...

Por fin, Willy echó una ojeada hacia atrás. No podía creer lo que veían sus ojos. ¡Stone Fox estaba casi encima de él!

Aquello enfureció al pequeño Willy. Se enfadó consigo mismo. ¿Por qué no había mirado hacia atrás más a menudo? ¿Qué demonios estaba haciendo? Todavía no había ganado la carrera. Bueno, ahora ya no había tiempo para pensar en estas cosas. Tenía una carrera que ganar.

—¡Corre, Centella, corre bonita!

Pero Stone Fox continuaba ganando terreno. Silenciosamente pero sin pausa.

—¡Corre, Centella, corre!

El samoyedo que iba en cabeza adelantó al pequeño Willy y se puso a la altura de Centella. Después le adelantó por una cabeza. Pero eso era todo. Centella avanzaba recuperando esa cabeza de distancia. Después el samoyedo volvía a tomar la delantera. Entonces Centella...

Cuando se entra en el pueblo de Jackson por la carretera Sur los primeros edificios que se ven se encuentran a media milla. Nadie sabe si Centella creyó que aquellos edificios eran de nuevo la granja del abuelo pero fue al aproximarse a ellos cuando Centella corrió con todas sus fuerzas.

El trineo del pequeño Willy pareció elevarse del suelo y volar. Stone Fox se quedó atrás.

Pero no muy atrás.

Capítulo 10

La meta

Al ver aparecer al pequeño Willy por el extremo de la calle Mayor, la muchedumbre le vitoreó enloquecida. Y aún enloquecieron más al comprobar que Stone Fox iba pisándole los talones.

—¡Corre, Centella, corre!

Centella avanzaba a toda velocidad pero Stone Fox iba acercándose peligrosamente.

—¡Corre, Centella, corre! —volvió a gritar Willy.

Centella corrió con todas las fuerzas de que era capaz.

Se encontraba a cien pies de la meta cuando su corazón estalló. Murió instantáneamente. Sin sufrimiento.

El trineo y el pequeño Willy rodaron sobre la perra y juntos se deslizaron unos instantes por la nieve hasta detenerse a unos diez pies de la meta. Había empezado a nevar. Unos copos de blanca nieve caían sobre la oscura piel de Centella que yacía en el suelo, inmóvil.

La muchedumbre enmudeció en un silencio de muerte.

Lester clavó la mirada en el suelo. La señorita Williams se llevó las manos a la boca. El cigarro del señor Foster cayó al suelo. Doc Smith empezó a correr hacia Willy pero se detuvo. El señor alcalde parecía conmocionado y sin saber qué hacer, lo mismo que Hank y Dusty, lo mismo que los «señoritingos» de la ciudad y lo mismo que Clifford, el hombre de los impuestos.

Stone Fox detuvo su trineo junto a Willy. Se quedó allí de pie al helado viento todo lo alto que era y miró al pequeño competidor y al perro que yacía inerte en sus brazos.

—¿Está muerta, señor Stone Fox? —preguntó el pequeño Willy mirando de abajo arriba al indio con su único ojo sano—. ¿Está muerta?

Stone Fox se arrodilló y puso su enorme mano en el pecho de Centella. No sintió ningún

latido del corazón. Miró al pequeño Willy y el chico comprendió.

Willy abrazó a Centella con todas sus fuerzas.

—Lo has hecho muy bien, chica. Muy bien. Estoy verdaderamente orgulloso de ti. Ahora, descansas solamente.

Willy empezó a acariciar a Centella apartando la nieve de su piel.

Stone Fox se incorporó lentamente.

Nadie hablaba. Nadie se movía. Todas las miradas estaban fijas en el indio, el indio llamado Stone Fox, el que nunca había perdido una carrera y que en aquellos momentos tenía otra victoria al alcance de su mano.

Pero Stone Fox no hizo nada.

Se limitó a permanecer allí de pie inmóvil como una montaña.

Primero dirigió su mirada a sus propios perros, después a la meta y, finalmente, a Willy que continuaba abrazado a Centella.

Con el tacón de los mocasines Stone Fox trazó una larga raya en la nieve. Después se dirigió hacia su trineo y sacó su rifle.

Al final de la calle Mayor empezaron a aparecer los otros corredores. Cuando estuvieron más cerca, Stone Fox disparó su fusil al aire. Todos se detuvieron.

Entonces, Stone Fox habló:

—Si alguien traspasa esta línea, disparo.

Y todos sabían que lo haría.

Entones Stone Fox hizo una señal al muchacho.

Todo el pueblo observó en silencio cómo Willy recorría los últimos pies y cruzaba la meta con Centella en sus brazos.

La idea para escribir esta historia me vino al escuchar una leyenda de las Montañas Rocosas que me relató Bob Hudson en 1974 mientras tomábamos una taza de café en el bar de Hudson en Idaho Falls, Idaho. Aunque el indio Zorro de Piedra y todos los demás personajes son puramente ficticios y fruto de mi creación, el trágico final de esta historia pertenece a la leyenda y, se dice, que, en verdad, así sucedió.

Índice